국민에게만은
아주 하겠습니다

따뜻한 커피 한 잔과 함께
가슴에 담아두고 싶은

박원순의 말과 생각

국민에게만
이부하겠습니다

김홍국 엮음

더봄

04

필자의 관심사는 좋은 정치지도자의 리더십과 정책어젠다이다. 일선 정치현장을 취재하고, 대학에서 강의하는 한편 동서양 현대 지도자의 리더십을 분석하고, 정치현실을 비판하고 전망하며 해법을 제시하는 정치평론가로도 활동하고 있다.

그 과정에서 마주친 박원순 서울시장은 오래 묵어 깊어진 장맛처럼 진한 향기를 느낄 수 있는 정치지도자였고, 리더십의 보물창고였다. 시위에 참여했다가 구속된 청년 시절, 민주주의를 위해 헌신했던 인권변호사 시절, 새로운 사회의 지평을 열기 위해 헌신한 시민운동가 시절, 서울시장으로서의 행정가 시절…… 그는 매 순간 민주주의와 평화를 위해 최일선에서 몸을 던졌고 역사적으로 의미 있는 발언을 무수히 남겼다. 그 발언들은 단순한 입담이나 구두선이 아니라, 그의 철학과 신념, 실천과 헌신이 뒷받침되었기에 거대한 시대적 울림을 갖고 있다.

61년의 생애에 걸쳐 박원순이 행동으로 보여준 민주주의와 평화, 정의롭고 아름다운 사회에 대한 헌신과 열정은 우리 사회의 귀한 자산이고, 고귀한 가치이다. 겸손하면서도 단호하고, 절제하면서도 결단하는 그의 지도자로서의 자질과 실천은 그의 발언 속에 그대로 녹아 있다. '행동하는 양심'이고 '깨어있는 시민'이자 '소통하는 지도자'의 삶이었다. 민주주의와 평화, 정의에 대해 발언해온 그의 언어에 귀기울이면, 그가 평생에 걸쳐 추구해온 시민을 섬기는 경청과 협치, 헌신과 배려의 정치철학을 깨달을 수 있을 것이다.

　최근 세계 정치지도자들의 리더십에 대한 글을 쓰던 중, 박원순이 그동안 해온 의미있는 발언들을 정리하려고 마음을 먹고 있었다. 때마침 출판사로부터 제안이 와서 그 자리에서 흔쾌히 수락했다. 험난한 시대에 맞서 내놓은 고뇌와 결의에 찬 그의 발언들이 고통받고 좌절하고 있는 우리 국민들에게 위로와 힐링, 격려와 개혁의 도구가 될 것이라는 기대감 때문이었다.

　박원순이 민주주의 가치 수호와 대한민국의 발전을 위해 경쟁하는 다른 역량 있는 정치지도자들, 천만 서울시민들, 200만이 넘는 카페트(카카오스토리·페이스북·트위터) 친구들과 함께 손잡고, 대한민국 국민과 전 세계인들이 행복하고 안전하게 살 수 있는 좋은 사회를 만들어주길 소망한다.

2016년 10월

김홍국

05

세상의 매듭을 푸는 역할을
하고 싶습니다.

01.

세상은
꿈꾸는 사람의 것이다

08

02.

함께 꾸는 꿈은
현실이 된다

50

03.

국민에게만
아부하겠습니다

94

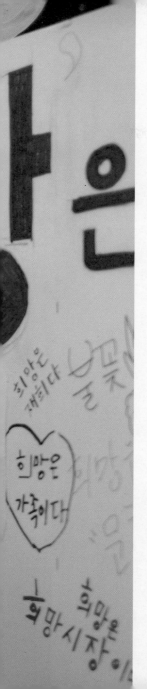

01.

세상은
꿈꾸는
사람의
것이다

세상은 꿈꾸는 사람의 것이다. 내가 가장 좋아하는 말이다. 꿈은 언제나 현실이 되는 법이다. 그래서 스스로에게도, 세상 사람들에게도 '진정 원하는 일은 저지르라!'고 부추겼다. 마음속으로 간절히 원하는 바가 있으면 자신도 모르게 그것을 성취하기 위해 노력하게 된다.

〈희망을 걷다〉, 25쪽

이제는 듣는 것에 조금 더 관심을 가져야 하고, 관심을 넘어 어떻게 하면 잘 들을 수 있을까에 대해 고민해야 하는 시기가 왔습니다. 단순히 상대방의 기분을 상하지 않게 하거나 중요한 정보를 빠뜨리지 않고 습득하는 수준을 넘어, 내가 하고자 하는 것을 잘할 수 있게 만들어주는 것이 바로 경청敬聽입니다. 한 집단 안에서 리더, 혹은 팔로어follower로서 이끌고 이끌리며 다양한 사람과 호흡하는 현대 사회의 속성을 잘 헤아려보면, 왜 경청이 필요한지 답을 찾을 수 있습니다.

〈경청〉, 17쪽

11

희망의 나무는 결코 저절로 자라지 않습니다. 세상을 가꾸는 발칙한 상상력과, 실패를 두려워하지 않는 열정을 지닌 좋은 사람들이 함께 해야 합니다. 당신이 우리의 희망입니다.

〈원순씨를 빌려드립니다〉, 248쪽

'희망'의 바다를
'대안'의 노로
저어갑시다.

2009년 '시무7책'을 정부에 제안하며

14

세상의 매듭을 푸는 역할을 하고 싶습니다.

1981년 아내 강난희를 처음 만난 자리에서 밝힌 소명의식

감히 다시 만나자고 할 염치조차 없지만 그래도 당신 덕택에 내가 이 세상에서 좋은 일을 많이 할 수 있었으니 나로서야 또 만나자고 할 형편이오. 어떡하겠소? 다만 이 모든 것을 용서해주오.

2002년 아름다운재단의 '1% 나눔운동'으로 작성해 아내에게 보낸 공개유언장

많은 사람들이 '박 변호사, 고물상 하겠다는 거구만!'
이라고 말한다. 그렇다. 고물상이다. 기꺼이 헌 물건을
기부하려는 사람들과 그것을 사 주는 사람들의 아름
다운 마음씨를 파는 사랑의 고물상이며 거간꾼이다.

〈아름다운 세상의 조건〉, 22쪽

남에게 해가 되는 일은 하지 말라.

1961년 박원순의 부모가 정한 가훈

'내 입에 밥 들어갈 때 다른 사람 입에도 숟가락 들어가는지 살펴라.' 어린 시절 저희 어머니께서 늘 하시던 말씀입니다. 그리 넉넉한 형편은 아니었는데도, 어머니는 늘 주변에 배곯는 이들이 없는지, 혹시라도 맘 편히 밥 먹지 못하는 이들이 있을까봐 늘 살피고 보살피셨습니다. 어머니의 그런 가르침이 제게 무상급식을 실현하게 하셨습니다.

2013년 4월 친환경급식 안심식재료 지킴이단 발대식에서

역사 앞에서
심판받지 않을 존재는
없습니다.

1987년 〈한국민중사〉 사건 변론서

오늘 이 자리에
충만하고 있는
거룩한 용기에
목이 멥니다.

1986년 부천서 성고문사건 변론서 초안

19

저는 경남 창녕의 농부 아들입니다.
어려서 아버지를 따라 논에 나가
볍씨가 싹을 틔우고, 벼가 익어 곡식을
만들어내는 긴 과정을 보고 배우며
자랐습니다. 농사를 통해 땀 흘리는
노동의 경건함을 배웠고, 비바람
속에서도 결실을 이뤄내는 모습을
보면서 생명의 존엄함을 깨달았습니다.
저에게 농사는 '세상에서 가장 귀한
가르침을 주는 교과서'였습니다.

2012년 10월 광화문 벼베기 행사에서

20

알은 영원히 그 껍질 안에서 알로 남아 있을 수 없다. 예정된 기간 안에 껍질을 깨고 부화되지 않으면 그것은 썩어 문드러진다. 이제 우리에게도 부화의 순간이 시계처럼 째깍거리며 다가오고 있다.

〈악법은 법이 아니다〉, 17쪽

22

발상을 전환하면
호응이 커집니다.
재미있는 아이디어라야
주목을 받습니다.
창의성이 세상을 바꾸고
널리 인간을 이롭게
하는 시대를 우리는
살고 있는 것입니다.

〈원순씨를 빌려드립니다〉, 101쪽

제가 선호하는 토론 방식은 가능한 선에서의 '총출동'입니다. 숨길 것이 없고 왁자지껄함을 굳이 피하지 않겠다면 듣고 싶은 사안에 대해서는 모든 사람이 참여하도록 만드는 데 아낌없이 시간을 투자하세요. 정말 필요한 사람이라면 쫓아다녀서라도 그 자리에 나오도록 하세요. 모든 사람이 모여서 제각기 하고 싶은 말을 하면 그 일의 문제점과 해결점이 한 번에 나올 수 있습니다.

〈경청〉, 66쪽

23

커뮤니티 링크는 학교에서 퇴학당한 아이들을 가르치는 학교도 운영하고 있다. 한 아이가 퇴학당하면 그 가족의 평온은 깨지기 마련이다. 그래서 이 아이들을 제대로 가르쳐서 다시 학교로 돌려보내는 게 이 단체의 목표다. 작년 한 해 120여 명의 아이들을 가르쳤고, 그중 96퍼센트가 학교로 돌아가거나 대학에 진학했다고 한다. 도대체 그 비결이 무엇인지 물어봤다. 지역 지식local knowledge, 지역 이해local understanding, 지역 협력working with local people이라고 답한다. 우문현답이다. 결국 지역에 해답이 있는 것이다.

〈올리버는 어떻게 세상을 요리할까-소셜 디자이너 박원순의 영국 사회혁신 리포트〉, 193쪽

제돌이는 다시 제주도 한라산 밑, 구럼비 앞바다에서 헤엄쳐야 합니다. 제돌이 방사와 더불어 '돌고래 쇼'는 잠정적으로 중단합니다. 단 폐지는 아닙니다. 많은 전문가들과 시민의 의견을 듣겠습니다. 물론, 제1의 원칙은 돌고래들의 권리와 행복입니다.

2012년 3월 서울대공원에서

21세기는 집단지성의 시대다. 아무리 위대한 정치가라
고 해도 혼자 힘만으로는 이 사회의 문제를 해결할 수
없다. 시민과 소통하며 시민의 동의를 구하고 참여를
유도하는 힘이 시대의 과제를 함께 해결해 가야 하는
현대 정치인의 진정한 저력이라고 본다. 이런 측면에서
나는 평생 현장과 허물없이 소통하며 살아왔다. 원해서
걸었던 그 길, 그 삶이 서울시장으로서 민생을 챙기는
가장 큰 힘이 되고 있는 것 같다.

2016년 7월 〈매일신문〉과의 인터뷰에서

저를 지지한 분들은 물론이고 반대한 사람과도 함께하는 서울시 모두의 시장으로 일하겠습니다. 모든 시민과 손잡고 함께 가겠습니다. 다함께 한마음으로 시민이 원하는 변화를 만들겠습니다. 반목과 갈등, 분열, 대립 같은 낡은 방식은 과감히 버려야 합니다.

2014년 6월 5일 재선 서울시장 당선 확정 후 기자회견에서 소감 발표

27

여기 보시면
아주 특별한
의자가 있습니다.
시민시장 의자입니다.
다른 의자보다
특별히 더 좋죠?
늘 집무를 보면서
여기 시민여러분이
앉아계신다고
생각하면서
집무를 봅니다.
그래서 특별히 마련한
의자입니다.

2011년 11월 온라인 시장 취임식에서

28

남에게 요구하기보다 자신부터, 우리 동네부터 실
천해 나가면 언젠가는 온 세상이 아름다운 세상
으로 바뀔 것을 믿는다. 우리의 이 소박하고 거대
한 꿈이 작은 노력과 실천에 의해 현실로 바뀌리
라고 확신한다. 우리 모두가 함께 한다면 이 꿈은
언젠가는 이루어지지 않겠는가.

〈아름다운 세상의 조건〉, 24쪽

30

국가와 시장 주도 성장의 그늘이 '각자
도생' 사회를 만들었다. 세월호 참사,
메르스, 최근의 경주 지진 때도 가만히
있으라고만 했다. 죽음 앞에서도 국가
는 진상규명과 사과조차 하지 않은 채
무책임한 태도로 일관하고 있다. 지금
의 국가는 국민을 위해 있는 것이 아니
라 국민 위에 있다. '의무'만 강조하고,
'권리'는 짓밟히고 있다.

2016년 9월 관훈클럽 토론회에서

31

누구도 대신 걸어줄 수 없는 길. 한 걸음, 한 걸음 내 발로 걸어야 한다. 목표뿐만 아니라 걸어가는 그 과정들을 생각한다. 과정의 힘겨움과 노고를 생각한다. 쌀 한 톨을 생산하는 농부의 마음, 작은 물건 하나에도 깃들어 있는 노동자들의 땀방울을 생각한다.

〈희망을 걷다〉, 35쪽

비정규직 문제는 이제 단순히 '노동의 문제'만이
아닙니다. 비정규직 문제는 우리 사회의 통합과
지속가능한 미래 발전을 위해서도 반드시 해결해
야 하는 필수과제입니다. 이제 서울시는 노동의
상식을 회복하고자 합니다. 땀 흘려 일하는 사람
이 박수 받고, 열심히 일하는 사람이 행복한 서울
시를 만들고자 합니다.

2012년 3월 서울시 비정규직 정규직 전환 발표에서

이렇게 보시면 여기가 제가 제일 좋아하는 곳입
니다. 자주 눈길 보내는 곳입니다. '원순씨에게 바
란다'는 벽보판입니다. 제가 선거운동 기간 중에
정말로 많은 시민들이 당신이 시장이 되면 꼭 이
런 일을 해달라는 부탁과 함께 자신의 바람을 포
스트잇을 붙여서 주셨답니다. 제가 약속했어요.
시장실 곁에 두고 늘 보겠다고.

2011년 11월 온라인 시장 취임식에서

중앙에 집중된 권력은 지방으로 대폭 이양돼야 합니다. 국민들의 삶의 현장에서 멀리 떨어져 있는 중앙정부가 예산과 인사를 쥐고 지방자치를 통제하겠다는 발상을 바꿔야 합니다. 자치와 분권이 강화돼야 풀뿌리 민주주의가 살아나고 시민들의 삶의 문제가 정치의 가장 중요한 의제가 될 수 있습니다.

2016년 9월 관훈클럽 토론회에서

35

이번 여행을 통해 발견하게 된 가장 중요한 사실은, 사회혁신의 열기를 온 사회에 불어넣고 있는 수많은 사회적 기업이나 사회단체 뒤에는 중간 지원 기관들이 있다는 것이다. 이 기관들이야말로 영국 사회에서 사회혁신이 살아 움직이게 만드는 중추적 구실을 한다. 사회적 기업들이 지닌 사회혁신의 아이디어와 프로젝트에 돈을 대거나 재정 지원을 주선하고, 다양한 강좌와 교육, 훈련을 통해 그런 실천이 잘 진행되도록 돕고, 경영·기술·마케팅 등 다양한 분야에서 전문적 노하우를 전달하면서 사회적 기업과 사회혁신의 노력이 성공하도록 돕고 있는 것이다. 우리 사회에 사회적 기업과 사회혁신이 가능한 분위기와 구조를 만들어내려면 이런 다양한 중간 지원 기관들이 먼저 활성화돼야 한다.

〈올리버는 어떻게 세상을 요리할까

－소셜 디자이너 박원순의 영국 사회혁신 리포트〉, 10쪽

지금 우리나라는 대공황 직전의
전시상황이라고 생각한다.
위기가 위기인 줄 모르는 것이 가장 큰 문제다.
2016년 10월 이외수 작가와 한 토크콘서트 '춘천행'에서

무엇이 될 것인가가 중요한 게 아니고
무엇을 할 것인가가 중요하다.
벼랑 끝에 있는 나라를 살리고
도탄에 빠진 민생을 살리는 문제가 우선이다.
2016년 10월 방송 인터뷰에서

희망이 아름다운 이유는
하나의 희망이 또 다른 희망을
낳기 때문입니다.
〈원순씨를 빌려드립니다〉, 174쪽

지금 가계부채가 1200조 원이 넘을 정도의 상황에서 누가 대권 놀음을 하고, 이럴 상황이 정말 아니라고 생각합니다. 그야말로 우리가 중지를 모아서, 정치권이 경쟁도 하고 협력도 해서, 정말 새로운 돌파구를 만들어내고, 새로운 시대의 패러다임을 만들어 내야 하는, 그런 상황입니다.

2016년 4월 총선 후 방송 인터뷰에서

'따뜻한 가슴'이라고 본다.
지금의 시대정신으로 꼽히는
소통, 공감, 협치, 상생 등이
모두 따뜻한 가슴으로부터
시작된다고 생각한다.

2016년 7월 〈매일신문〉과의 '20대 대통령이 갖춰야 할 덕목'에 대한 인터뷰에서

39

서울과 지방은 경쟁하면 안 된다. 서울, 지방은 유기체적 관계다. 지방과 서울, 농촌과 도시는 늘 하나라고 생각한다. 지방도시와 농촌이 죽는데 서울만 잘 산다고 되겠는가? 서울은 뉴욕이나 런던, 파리, 동경이 경쟁도시이다. 국내 지방도시와 경쟁해서는 안 된다.

2016년 10월 충북도청 기자실에서 가진 기자간담회에서 언론은 권력을 감시하고 견제하는 것이 본령입니다. 반대로 언론이 권력의 눈치를 보거나 권력의 압력을 받으면 그 사회는 희망이 없는 사회죠. 토머스 제퍼슨이 '언론 없는 정부보다 정부 없는 언론을 택하겠다'고 말했잖아요. 저는 언론이 민주 사회에서 국민 인권을 지키는 관건이라고 말합니다. 특히, 표현의 자유는 민주주의의 중핵적 권리라는 말도 하곤 합니다.

2016년 7월 방송 인터뷰에서

42

명백한 민주주의 파괴다. 만약 이번 기회에 우리 사회가 이 사건에 대해 진상규명을 제대로 하지 못한다면 내년 대선에서도(저뿐만 아니라 다른 정치인에 대해서도) 똑같은 일이 반복될 것이다. 여전히 이런 일이 되풀이 되고 있다. 실제로 박원순을 흠집내는 기사를 내보내라는 방송사의 지시에 양심상 힘들다며 찾아온 기자도 있었다.

2016년 8월 국정원 직원의 '박원순 제압문건' 증언 보도에 대해

위기가 기회일 수 있다. 핵심은 원천기술 개발에
있다. 우리 사회 모든 분야가 탈바꿈할 시기다. 거
대 재정을 투입하는 방식이 아니라 기술투자와
최고인력 양성, 이런 것들이 이뤄져야 한다. '실패'
까지도 축적함으로써 일어나는 새로운 어떤 설계,
특정 산업을 넘어 사회 전체의 변화가 필요하다.

2016년 6월 언론 인터뷰에서

43

소셜 네트워크 친구들이 200만을 넘었습니다. 그동안 숨은 곳에서 제 글을 공유해주시고 격려해 주신 친구들이 보고 싶습니다. 소통해야 아프지 않습니다. 더 노력하겠습니다.

2016년 8월 트위터

첫째는 시대를 읽는 통찰력, 둘째는 강력한 추진력, 셋째는 갈등 조정 능력이다.

2016년 6월 언론 인터뷰에서 정치가의 덕목에 대한 답변

46

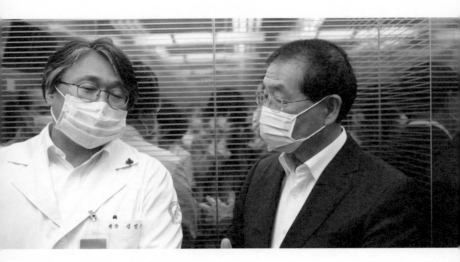

01. 세상은 꿈꾸는 사람의 것이다

늑장대응보다는 과잉대응이 낫다.
낙관보다는 최악의 상황을
가정하고 행동해야 한다.
메르스 격리로 생계가 곤란한
시민들을 긴급 지원하겠다.

2015년 메르스 사태 관련 긴급기자회견

47

오늘 이 자리에서 서울시민의 승리를 엄숙히 선언합니다. 시민은 권력을 이기고, 투표는 낡은 시대를 이겼습니다. 상식과 원칙이 승리했습니다. 오늘 우리는 새로운 시대를 선택한 것입니다.

2011년 서울시장 보궐선거 승리 확정에 대한 대 시민 인사말

모두 시정에 반영하도록 꼼꼼하고 깐깐하게 최선을 다하겠다. 이제 국가가 국민을 위해 존재한다는 믿음, 정치가 나의 어려움을 걱정해준다는 믿음, 앞으로 서울시정 4년을 통해 그 믿음을 심어가겠다.

2014년 6월 5일 재선 서울시장 당선 확정 후 기자회견에서 소감 발표

48

세월호와 국정교과서 강행,
국민 합의 없는 위안부 협상,
진박싸움, 메르스 늑장대응 등
국민 목소리에 눈 감고 귀 닫은
'민맹 정치' 심판이다.
세월호 진실이 인양되지 않았다.
세월호 참사를 기억하고 아픈 역사를
되풀이하지 않아야 한다.

2016년 4월 총선 결과에 대해 답변

한국인은 요람에서 무덤까지 부패 속에서 호흡하고 살아가고 있
습니다. 이 음습한 곳에서 자라는 독버섯을 송두리째 없애기 위해
서는 이곳에 밝은 햇볕을 쪼여야 합니다. 투명성이라는 묘약이야
말로 부패를 척결할 수 있는 특효약입니다.

〈아름다운 세상의 조건〉, 291쪽

02.

함께
꾸는 꿈은
현실이
된다

한반도의 눈물을
그치게 하기 위한
나 자신의 역할과
운명에 대해
묵상하고 또 묵상했다.
'이제 무엇인가를
해야겠다'는 생각에
몸이 부르르 떨렸다.

〈희망을 걷다〉, 35쪽

개혁은 자신의 존재와 쇄신과 성장을 위해 불가
피하게 내리는 자기 결단의 과정이다. 개혁 없는
사회는 죽음이요 멸망이다. 더구나 개혁은 하루
아침에 끝나는 일회적 과정일 수 없다. 한 시기의
개혁이 끝나는 순간 또 다른 개혁이 시작되어야
하기 때문이다.

〈악법은 법이 아니다〉, 6쪽

53

영혼을 파는 기업이 성공합니다. 착한 기업이 장수합니다. 도덕군자가 되라는 말이 아닙니다. 도전정신과 함께 사회적 책임을 늘 염두에 두라는 것입니다. 혼자만 잘 먹고 잘 살겠다는 생각으로는 절대 성공한 기업가가 될 수 없습니다.

〈원순씨를 빌려드립니다〉, 78쪽

54

국가주도 성장시대의 국정운영 방식으로는 대한
민국의 미래가 없습니다. 1%의 룰을 바꿉시다. 실
패한 시장이 초래한 99:1의 사회를 정상화시켜야
합니다. 세제개편, 교육개혁은 물론 국민을 좌절시
키는 1%의 룰을 탈바꿈시켜야 합니다.

2016년 9월 관훈클럽 토론회에서

56

보도블럭 때문에 스트레스 많이 받으셨죠?
함부로 공사 못하도록 하겠습니다.
제가 보도블록 하나는 제대로 간수한
시장이라는 말을 듣겠습니다.

2011년 11월 온라인 시장 취임식에서

제 꿈은 이렇게 바쁘게 일하다가 과로사하는 것입니다. 우리 사회
는 완벽하지 않습니다. 여전히 희망보다 절망이 더 많이 흐릅니다.
그 말은 시민운동가가 할 일이 많다는 뜻이기도 합니다. 저는 이
렇게 할 일 많은 세상에 태어난 것에 감사합니다. 제가 바쁠수록
절망이 희망으로 바뀔 가능성이 커질 테니까요.

〈원순씨를 빌려드립니다〉, 208쪽

57

권위주의와 공공영역에 대한 무관심이라는 척박
한 땅에서 참여민주주의의 자그마한 꽃을 피워냈
습니다. 그러나 아직 이 결과는 저와 한국사회가
걸어가야 할 머나먼 길의 시작에 불과합니다. 더
철저한 민주주의, 더 높은 인간적 삶, 더 합리적이
고 체계적인 사회 시스템을 향한 저의 꿈들은 아
직 온전히 이루어지지 않았습니다.

2006년 막사이사이상 수상 소감

58

우리는 미래의 희망을 향해 전진해야 합니다.
늘 그랬듯이 시련과 수난은 우리의 즐거운 동
반자였습니다. 10년 전, 20년 전에 그랬듯이
우리는 절망하지 않고 다시 압제와 싸울 것이
며, 역사와 미래는 우리 편이라는 신념을 가지
고 열정을 다 바쳐 일할 것입니다.

2009년 9월 17일 국정원 관련 '진실은 이렇습니다' 기자회견문

승소든 패소든
그것은 저의 운명입니다.
어찌하겠습니까?
시대의 고난을 함께 하는
것이 피할 수 없는 저의
운명이라고 느낍니다.

2010년 국정원 소송 판결 관련 발언

02. 함께 꾸는 꿈은 현실이 된다

60

서울시장으로 있으면서 많은 일을 겪었습니다. 그동안 쌓이고 쌓인 민원과 갈등이 마치 저를 기다렸다는 듯이 한꺼번에 몰려왔습니다. 두려워하지 않고 그 한가운데로 걸어 들어가 귀를 기울였습니다. 결국 답을 찾을 수 있었고 문제는 해결되었습니다. 지금 서울은 조용해졌습니다. 지난 2년 간의 시정은 현안을 해결하고, 갈등을 풀고, 삶의 질을 높이고, 미래의 초석을 쌓는 과정이었습니다.

〈경청〉, 8쪽

'분열'로 교체의 기회를 놓친다면 시대의 큰 죄를 짓는 것이라고 생각한다. 다름이 아닌 같음에서 협력을 시작해야 할 때라고 본다. '구동존이求同存異' 의 정신으로 작은 차이로 분열하는 대신 큰 이상을 공유, 협력과 연대, 통합을 실천해 가야 한다.

2016년 4월 총선 결과에 대해 답변

61

눈은 떠야 보이는데 귀는 항상 열려 있으니 말하면 들린다고 착각하기 쉽죠. 귀도 떠야 들립니다. 간단한 일은 아닙니다. 악기를 배우고 외국어를 배우듯이 경청 또한 전략적으로 배우고 익혀야 얻을 수 있습니다. 누군가의 이야기를 잘 듣는 일은 말이라는 게 탄생하면서부터 항상 중요한 일이었습니다.

〈경청〉, 38쪽

크라이시스^{Crisis}라는 노숙인 관련 전문 기관이 조사한 바에 따르면 75퍼센트의 기업 담당 응답자들이 노숙인을 고용하지 않겠다고 답변했고, 이미 한 번 고용한 기업의 경우는 75퍼센트가 만족한다고 대답했다고 한다. 이것은 노숙인들이 일단 직업을 가지게 되면 악순환의 고리를 끊을 수 있다는 것을 보여준다. 트리니티는 노숙인들을 고용해서 그런 직업 경력과 기회를 준다. 그렇게 해서 완전히 사회에 복귀할 수 있게 한다는 점에 큰 의미가 있다.

〈올리버는 어떻게 세상을 요리할까-소셜 디자이너 박원순의 영국 사회혁신 리포트〉, 100쪽

64

우리의 미래는 '북방과 지방'으로 가야만 한다. 공동체를 분
열과 대립으로 몰아간 지난 9년은 더 이상 안 된다. 남북관
계에서 최후의 보루인 개성공단이 문을 닫았는데, 이것은
단순하게 공장이 문을 닫은 게 아니다. 개성공단은 통일의
꿈을 만드는 공장이었다. 박근혜 정부는 한반도를 위기로
몰아 국내 정치에 이용하고 있다. 대한민국 경제는 '북방 뉴
딜', 즉 북으로 가야 하고 지방으로 갈 때 돌파구를 찾을 수
있다. 중앙정부, 지방정부, 시민단체가 힘을 합하면 평화통일
을 이룰 수 있을 것으로 본다.

2016년 10월 전주 YMCA 초청강연 '평화통일과 대한민국의 미래'에서

(저는) 낡은 것과의 결별을 선택했다. 이제 새로운 시대를 향해 묵묵히 걸어가겠다. 박원순의 2기는 여전히 통합의 시정을 해나갈 것이다. 소통과 공감, 화합과 통합을 중심으로 앞장서겠다. 기본과 원칙을 지키며 희망을 만들어가겠다.

2014년 6월 5일 재선 서울시장 당선 확정 후 기자회견에서 소감 발표

65

66

악법은 더 이상
법이 아니다.
헌법과 국민적 상식에
부합하지 못하는 법은
고쳐야 하며, 그 노력은
민주시민의 의무가
아닐 수 없다.

〈악법은 법이 아니다〉, 7쪽

좀 더 민주적이고 합리적인 사회, 국민과 지
구촌 시민이 더불어 행복한 사회, 누구나 자
신의 인격을 존중받고 다양한 삶을 실현하
는 사회가 우리가 나아가야 할 길입니다.

〈원순씨를 빌려드립니다〉, 117쪽

68

4개월 간 보낸 회색 벽의 감옥에서 읽은 루돌
프 폰 예링의 '권리를 위한 투쟁'은 법조인이
되기로 결심하는 계기가 됐습니다. '법의 목적
은 평화이며, 평화를 얻는 수단은 투쟁이다. 법
이 불법적으로 침해되고 있는 한, 그리고 세상
이 존속하는 한 이러한 현상은 계속 된다'라는
문구는 지금도 가슴 깊이 새기고 있습니다.

2016년 9월 언론 인터뷰에서

남과 경쟁만 할 것이 아니라 협동을 하면 전혀 다른 세상이 펼
쳐집니다. 불안과 두려움의 강박관념에서 탈출하면 가슴속에 고
이 간직해둔 자신만의 꿈과 열정이 되살아납니다.

〈원순씨를 빌려드립니다〉, 6쪽

난관 없는 인생이 있나요?
단, 저는 인생의 벽이라고
생각되는 순간,
그 벽을 두드리면서
새로운 문이 열리는 경험을
수차례 해왔습니다.

2016년 9월 언론 인터뷰에서

69

암흑의 밤하늘을 올려다보는 사람만이 작지만 예쁜 별을 찾을 수 있듯 가혹한 현실을 외면하지 않고 현실에서 목소리를 낼 때, 희망의 새 빛을 발견할 수 있을 것입니다.

2016년 9월 〈이데일리〉 인터뷰에서

늘 가슴에 새기고 있는 좌우명 중 하나가 함께 가면 길이 되고 함께 꾸는 꿈은 현실이 된다는 것이죠. 제가 서울시정에서 실천하고 있는 소통과 참여, 협치 모두 이 '함께'라는 철학에 뿌리를 두고 있다고 해도 과언이 아닐 것입니다. 서울을 넘어 전 세계의 과제가 바로 '공존' 아닌가요? '함께'의 철학을 문제의 열쇠로 삼아 시대의 과제를 풀어가는 것이 제 꿈입니다.

2016년 9월 언론 인터뷰에서

주변에서는
'청계천처럼 큰 한 방을 해라'란
조언도 하지만 시장의 꿈보다는
시민의 꿈을 이뤄주는 것이 더
중요하다고 생각한다. 사회간접자본^{SOC}
사업보다 더 중요한 것은 꼼꼼하게
시민들의 편의를 찾아주는 것이다.

2016년 8월 〈내일신문〉과의 언론 인터뷰에서

사회적 갈등을 푸는 해법이란 바로 소통, 협치, 국
민·시민과 함께 해결하려 하는 연대의 힘이다. 나
는 취임할 때부터 혁신과 협치로 풀어간다고 선언
했고, 다양한 층위에 걸쳐 협치를 실현해 왔다.

2016년 7월 〈연합뉴스〉와의 인터뷰에서

극히 일부에서 권력을 남용한 비리에 개입하게 되는데, 그런 일이 터지면 공직에 대한 자부심을 갖고 헌신적으로 일하는 대부분의 공무원들에게도 큰 피해를 줍니다. 그래서 박원순법을 만든 겁니다. 강제성이 없어도 관리직이 먼저 솔선하는 모습은 서울시 전 직원, 나아가 우리사회에 긍정적인 자극이 되어 단순히 비리를 줄이는 차원을 넘어 비리를 예방하는 공직혁신의 새 차원을 열어갈 것입니다. 김영란법이 국민적 정당성을 얻을 수 있었던 것도 박원순법이란 선도적인 실천이 있었기 때문입니다.

2016년 8월 〈아주경제〉와의 인터뷰에서 박원순법 시행 2주년에 대해

73

책장이 왼쪽 오른쪽으로
기울어져 있습니다.
이념적으로나 세대적으로나
갈등과 대립이 있었습니다.
가운데가 양쪽의 갈등과
대립의 균형을 잡을 것입니다.
모든 것에 균형을 잡으려
노력할 것입니다.

74

2011년 11월 온라인 시장 취임식에서

75

02. 함께 꾸는 꿈은 현실이 된다

개헌의 큰 방향은 우리 사회에 닥친 위기를
탈출하는 합의 과정이 돼야 한다. 내용상으로
는 분권과 자치, 협치와 상생, 혁신과 변화라
는 시대의 큰 방향을 반영하는 미래 지향적
논의가 이뤄져야 한다.

2016년 7월 〈매일신문〉과의 인터뷰에서

예전에는 "여러분, 이 사실을 아십니까?"라고 말했다면, 지금은 "여러분, 이 사실의 진짜 의미를 아십니까?"라고 말해야 하는 것이죠. 전달자가 아닌 해설자의 역할이 이 시대 리더가 해야 할 임무입니다. 전달은 그저 말을 하기만 하면 끝이죠. 하지만 해설을 하려면 듣는 사람의 입장과 수준을 고려한 맞춤 소통이 필수입니다.

〈경청〉, 49쪽

77

소화전은 불을 꺼서 사람을 살리라고
있는 것이지 물대포를 쏘아 사람을
죽이라고 있는 것이 아닙니다!
저에게 아무리 정치적 포화를 쏘더라도
저는 헌법과 법률에 근거하여
국민의 인권을 지킬 것입니다.

2016년 10월 페이스북

78

서울을 포함한 수도권과 지방은 '경쟁 상대'가
아닌 '상생 파트너'다. 현장형 지방자치를 통해
지역 특색에 걸맞은 경쟁력을 키워나갈 때 수도
권과 지역의 갈등은 줄어들고, 도시와 국가경쟁
력의 향상을 기대할 수 있다.

2016년 7월 〈매일신문〉과의 인터뷰에서

박근혜 정부의 정치는 민맹^{民盲} 정치와 불통정치라고 할
수 있다. 가계부채가 1200조 원이 넘고 청년실업률이 사
상 최대치를 기록하고 있다. 내년도 최저임금이 시간당
6470원이고, 일자리가 불안한 비정규직이 627만 명(2016
년 통계청)으로 전체 임금근로자 10명 중 3명에 해당한다.
IMF 때보다 더 어려운 경제 상황에 대한 우려가 쏟아지
고 있음에도 박근혜 정부는 4년 동안 민생에 눈과 귀를
닫고, 불통의 정치를 펼쳐왔다. 국정교과서 강행, 국민 동
의 없는 위안부 협상, 세월호 진상조사 지연, 메르스 늑
장 대응, 진박 싸움 등 국민의 삶 앞에서 눈을 감고, 국
민들의 목소리에 귀를 닫아 왔다.

2016년 7월 〈매일신문〉과의 인터뷰에서 박근혜 정부에 대한 평가 질문에 대해

이거야말로 정경유착의 썩은 사과다. 썩은 가지를 도려내는 심정으로 철저히 수사하고 진실을 밝혀야 된다. 하루 만에 재단이 설립되고 대기업으로부터 700억 원을 모아낸다는 게 정경유착이 아니고 뭔가?

2016년 10월 CBS라디오 〈김현정의 뉴스쇼〉와의 인터뷰에서

미르·K(케이)스포츠 재단 의혹에 대해

81

공공기관이라는 게 수익을 좇는 곳이 아니다. 물리적 수단으로 줄 세우기 하면 안 된다. 오히려 공공성이나 안전성을 제대로 담보해야 된다. 지난번 구의역 사고를 보면 물리적 성과에만 매몰돼 사람과 생명, 안전의 가치를 소홀히 해 세월호 같은 사고가 일어났고, 인명을 경시하는 사회가 됐다.

2016년 10월 CBS라디오 〈김현정의 뉴스쇼〉와의 인터뷰에서

성과연봉제 논란에 대해

82

통계 해석을 잘해야 합니다. 특히 실패한 인구 관련 정책을 바로잡고 장려책으로 투자해야 합니다. 마지막으로 빅데이터의 활용입니다. 저의 시장 재선 시 거물 인사인 정몽준 후보를 상대로 선전할 수 있었던 건 빅데이터의 힘입니다. '잠 좀 자고 싶다'는 시민들의 마음을 빅데이터를 통해 읽고 관련 정책을 펼쳐 마음을 얻었던 것입니다.

2016년 1월 〈전북도민일보〉와의 인터뷰에서

모든 권력이 청와대에 집중되면서 주요 국정과제가 대통령 한 사람에 의해 좌우된다. 합리적 토론과 국민과의 소통 없이 주요 국정과제가 결정되면서 민주주의는 후퇴했고, 청와대 참모들과 장관들은 대통령 눈치만 살피는 조직이 됐다.

2016년 9월 관훈클럽 토론회에서

개혁은 누가
거저 가져다주는
것이 아니라
바로 우리 자신의
힘과 실천으로
이루어 나가야 한다.
말만으로는
돌멩이 하나
움직일 수 없다.

<악법은 법이 아니다>, 8쪽

85

불을 끄는 정치가 필요함에도 정치는 불을 지르고 있고, 심지어 부채질까지 한다. 정권교체를 넘어 시대를 교체하고, 미래를 바꿔야 한다. 대한민국의 시스템과 룰을 근본적으로 바꿔야 진짜 교체다.

2016년 9월 관훈클럽 토론회에서

86

지난 5년 동안 서울시장으로서 소통과 현장 행정을 통해 혁신과 협치로 서울의 변화에 온 힘을 쏟았다. 토건중심 개발에서 시민의 삶의 질을 챙기는 시대로 나아가고 있다. '불'은 발로 끄지 머리로 끌 수 없다. 소통과 현장, 협치로 국민권력시대를 열어가자. 국가는 국민이다.

2016년 9월 관훈클럽 토론회에서

복지 투자 확대 과정에서 재원 대책에 대한 고민은 반드시 선행돼야 하지만, 이와 관련해 증세냐 감세냐를 논하기 전에 재정 운영의 건전성과 재정 구조의 합리성부터 재고돼야 한다. 서울시가 시정의 낭비 요소, 부패 요소를 제거해 7조 원의 채무를 줄이는 동시에 복지 투자를 2조 원 이상 늘렸듯, 건전하고 투명한 재정 운영을 기초로 복지 역량을 늘려가는 것이 우선이다.

2016년 7월 〈매일신문〉과의 인터뷰에서 증세 관련 질문에 대해

불평등, 불공정,
불안, 불통의
문제에 대한 자기만의
문제해결 방법을
이야기해야 합니다.
큰 목소리나 요란한
슬로건이 아니라
현장에서 소통을 통해
실제 일을 해내는
리더십이 필요합니다.

2016년 9월 관훈클럽 토론회에서

89

미국과 중국은 모두 국익을 위해 중요한 국가다. 미국은 가장 중요한 혈맹국이고, 중국은 경제적, 외교적으로 전략적 협력이 필요한 매우 중요한 국가다. 사드(THAAD·고고도미사일방어체계)의 배치는 안보 환경은 물론 우리 경제의 명운이 걸린 중대한 문제인데, 이를 마치 둘 중 한 국가를 선택하는 일인 것처럼 끌고 왔기 때문에 외교적 실책으로 평가받고 있다. 사드는 북한 핵 대응의 본질적 해법이 아니며, 북핵 문제의 궁극적 해결은 남북 관계 개선에 있다고 본다.

2016년 7월 〈매일신문〉과의 인터뷰에서

도전과제와 위기요인과 갈등이 생겨나면
빠른 시간 안에 이해 관계자와 정부기관이
함께 모여 가장 합리적인 방법을 찾아내야
한다. 서로 티격태격하고 쓸데없는 시간 낭
비나 논쟁을 벌여서는 안 된다.

2016년 1월 〈뉴시스〉와의 인터뷰에서

92

나는 자랑스러운
태극기 앞에 자유롭고
정의로운 대한민국의
무궁한 영광을 위하여
충성을 다할 것을
굳게 다짐합니다.

2016년 8월 트위터

93

03.

국민에게만
아부하겠습니다

96

그는 갔다. 슬프고
고통스러운 일이다.
그 슬픔을 딛고
정의를 바라는
사람들은 살아남아서
다시 새로운 세상을
열어가야 하지 않겠는가.

〈참여사회〉 2008년 6월호, 노무현 대통령의 서거에 대해

그리움이 커지면 그림이 된다. 제 마음속 그림이 되어 남아 있는 노무현 대통령의 뜻대로 할 말은 하는 사람이 되어 '사람 사는 세상'을 만들어가겠다.

2016년 5월 고 노무현 대통령 서거 7주기를 맞아 페이스북에 올린 글에서

획일화, 중앙집중화만을 정답으로 생각하는 불통의 정부로 인해 민주주의는 후퇴했다. 역대 최고 실업률로 민생은 도탄에 빠졌고, 멈춰선 개성공단처럼 남북관계는 멈춰 있다. 서슬 퍼런 군부독재시절 결코 타협하지 않았던 민주주의자로 '인동초'라는 별명이 그렇게 탄생했다. 햇볕정책으로 남북 간 새 장을 열고 역사적인 남북정상회담을 통해 통일의 초석을 놓았다. 남북관계가 최악으로 치닫고 있는 요즘 김대중 대통령님의 리더십이 더욱 그리워진다.

2016년 8월 김대중 전 대통령의 서거 7주기를 맞아 SNS에 올린 글

'지금 우리는 민주주의, 경제, 남북관계의 3대 위기에 처해 있다'고 한 당신이 옳았다. 곧은 목소리가 그립다. 역사는 전진하는 것인지 묻게 된다. 오히려 시간은 뒷걸음치고 있고, 위기는 더 심화됐다. '행동하지 않는 양심은 악의 편이다'는 말씀 따라 행동하겠다. 역사를 전진시키겠다.

2016년 8월 김대중 전 대통령의 서거 7주기를 맞아 SNS에 올린 글

98

민생은 정말 벼랑 끝에 몰리고 있는데 중앙정부는 별다른 비전도 실천도 없고, 시민들은 그런 정부에 또 절망합니다. 이럴 때 지방정부라도 나서서 할 일이 있으면 해야 하지 않겠습니까? 빈부격차가 점점 더 벌어지고 있는 이런 상황에서 서울시장이란 자가 아무 일도 하지 않는다면 직무유기입니다.

2016년 3월 〈한겨레〉 인터뷰에서

젠트리피케이션^{Gentrification}은 건물주가 장사가 되는 세입자를 상대로 임대료를 올려 결국 쫓겨나게 하는 현상을 주로 말하는데, 이는 결국 건물주들에게도 큰 손해가 되는 일입니다. 마치 황금 알을 낳는 거위를 한 번에 잡아먹는 것과 같습니다. 상생만이 유일한 해법입니다.

2016년 3월 〈한겨레〉 인터뷰에서

수백, 수천 년의 삶이 켜켜이 쌓여 있는 게 도시인데, 그걸 하루아침에 전면철거해 버리면 모든 역사성과 정체성과 정주성과 도시의 활력성이 다 사라지고 맙니다. 저는 취임할 때부터 이런 제 뜻을 밝혔고, 실제로도 전면철거 방식에서 도시재생이란 방식으로 정책을 완전히 바꿨습니다. 서울이라는 도시는 다양성이 생명입니다.

2016년 3월 〈한겨레〉 인터뷰에서

101

박원순계는 없다.
박원순의 남자가 어디 있나.
자기 사람 챙기는 것은
계파나 파당을 만드는 것이다.
새로운 정치를 바라는
시민들의 입장에서 정치와
행정을 해야 한다.

2016년 3월 SBS라디오 '한수진의 전망대'와의 인터뷰에서

여기 침대도 있습니다. 시장 직이 하도 격무니까 쉴
수 있는 공간도 만들어 놓은 것 같습니다. 제가 과거
시민단체에서 일할 때는 바닥에 침낭 깔고 잤거든요.
이걸 보면 유혹을 느끼죠. 집에 안 가고 밤새 일하고
싶은……. 그런데 그러면 공무원들 집에 못 가잖아요.
땅굴 파서 몰래 올 생각도 했답니다. 주말에 공무원
들도 쉬셔야 하잖아요. 가능하면 이 침실 사용 안 하
려고 노력하겠습니다.

2011년 11월 온라인 시장 취임식에서

104

자기소개서를 수십 번
제출해 보고 낙방의 쓰린
경험을 해 본 청년만이,
힘든 알바의 고단한
노동으로 쓰러지다시피 잠을
자는 청년만이, 누구에게
손도 못벌리고 수입은
없고 차비 아끼고 컵라면
끓여 먹어본 청년만이,
폐쇄공포증을 느낄 만한
쪽방이나 고시원에서 살고
있는 청년만이, 자꾸 직장이
어디냐고 묻는 바람에
추석에 고향마저 못가는
청년만이…… 이 50만 원의
귀한 가치를 압니다.
바로 서울시가 청년수당을
도입한 마음입니다.

2016년 10월 페이스북

현대인에겐 몸의 병만이 아니라 마음의 병도 깊습니다.
특히 큰 사건사고를 접하고 난 후, 몸의 병은 나았더라도
마음의 상처는 깊게 남아 있습니다. 용산 참사, 우면산
산사태, 쌍용 자동차 해고자, 그리고 우리 현대사의 깊은
상처로 남아 있는 고문 피해자 등. 사회적 트라우마에 힘
들어하는 이들을 위해 신체적, 심리적, 사회복지적 문제
를 포함한 포괄적 치유를 시작하겠습니다.

2012년 7월 공공의료 마스터플랜 기자설명회에서

105

소녀상이라고 하는 것은 한일 합의에 앞서서 국민들과 약속된 불가항력의 상징적인 조각이고 또 그런 자리라고 생각합니다. 그래서 무엇보다 아픈 상처를 가진 국민들에게 기댈 언덕이 되어주는 게 국가의 역할이고 사회적 책임이 아닙니까? 저는 그것은 철거하거나 그래서는 안 된다고 생각합니다.

2016년 1월 〈평화방송〉과의 인터뷰에서 일본군 위안부 소녀상 철거 문제에 대해

오늘 타임머신을
타고 조선시대에
다녀왔습니다.
정조대왕 능행차에
한성판윤 역할을
했습니다.
제게 정조대왕은
영화 〈역린〉의 대사로
남아 있습니다.
작은 것이 큰
차이를 만듭니다.
더욱 정성을
다하겠습니다.

2016년 10월 페이스북

108

살아서 일본의 진실한 사과를 듣고 싶다던 유희남 할
머니가 돌아가셨습니다. 고인의 명복을 빕니다. 왜 대한
민국 땅에서 위안부 할머니 발인이 있는 날 자위대 창
설을 기념해야 하는지? 상식은 언제나 현실이 될까요?
故 유희남 할머니, 부끄럽고 죄송합니다.

2016년 7월 11일 트위터

법원에서 그런 사람들에 대해서 전부 유죄판결하고 검찰이 구형한 것의 3배나 되는 엄중한 형을 선고했다. 당연한 결과이고 사필귀정이다. 지금까지는 사실 이런 일에 대해서 제가 웬만하면 용서해 주고 문제제기를 안 했다. 그런데 근거 없는 비방이나 이런 문제제기는 무관용 원칙으로 엄중하게 대처하려고 한다. 행동에는 책임이 따르는 것이다.

2016년 1월 〈불교방송〉과의 인터뷰에서 아들 주신씨 비방 문제에 대해

서울시는 '서울형 경제민주화' 종합정책을 가동
해 성장의 온기가 시민 모두에게 고르게 돌아가
고, 시민 누구나 공정하게 경제활동을 할 수 있
는 '대동경제 Weconomics' 환경을 만들어가고 있다.
예를 들어 골목상권, 전통시장과 대형마트 간
상생이 이루어지도록 대형마트 휴무제 등의 정
책을 시행하고 있으며, 외부자본에 의해 토착민
이 밀려나는 모순적 상황을 막기 위해 장기안심
상가 등의 대책을 추진 중이다.

2016년 7월 〈매일신문〉과의 인터뷰에서 양극화 해소 해법에 대해 인간의 존엄성을 지키는복지 시장이 되겠습니다.
서울 하늘 아래 밥 굶고 냉방에서 자는 사람이
없도록 하겠습니다. 복지는 공짜도 아니고 낭비도
아니며 인간에 대한 가장 높은 이율의 저축이자
미래에 대한 최고수익의 투자입니다.

2011년 11월 시장 취임사에서

출발선이 다른 불평등하고 불공정한 사회다. 불행한 삶으로 국민을 몰아가고 있다. 불 끄는 정치가 필요함에도 정치는 불을 지르고 있고 심지어 부채질까지 한다. '불'평등의 불, '불'공정의 불, '불'안전의 불, '불'통의 불이 걷잡을 수 없이 퍼져나가고 있다. 국민권력시대로 바꿔야 한다.

2016년 9월 관훈클럽 토론회에서

헌법에서도 인간이 존엄성을 유지하면서 살 권리를 명시하고 있다. 그러나 가난한 사람은 인간의 지속적인 삶을 위해 가장 필요한 집을 누리지 못하고 심지어 뺏기는 상황이 지속됐다. 시는 이를 해소하기 위해 원칙적으로 강제 철거를 금하고 있다. 인간의 존엄성이 지켜지는 주거정책을 시행하겠다.

2015년 5월 동아시아 주거복지 컨퍼런스 중 '서울시장과 함께하는 대담토론'에서

113

전문가들의 상상력과 비전,
시민사회의 현장의식,
공무원 사회의 안정성과
연속성이 한데 어울리고
비벼져야 맛있는 비빔밥이
만들어질 수 있다.

2011년 11월 시장 취임 후 구성한 예산자문위원회에서

116

협치는 서로 이익을 보는 상생이다. 공무원끼리 결정하는 것보다 시민사회에서 더 많은 아이디어를 얻을 수 있다. 시간과 비용이 들더라도 과정에서 완벽해질 수 있고 실행도 쉬워질 수 있는 등 장점이 많다.

2016년 9월 '2016 거버넌스 국제 컨퍼런스'에 참석한

스티븐 버브 전 영국 시민단체대표협회장과의 대담에서

어느 대통령은 강바닥에 22조 원을 쏟아 부었지 않느냐. 저는 그런 돈이 있으면 우리 청년들의 등록금을 다 공짜로 해드릴 것이다. 그런 돈이 있으면 아파트를 한 채씩 사드릴 수도 있다. 세금을 엉뚱한 데 쓰면 안 된다는 것이다. 정말 많은 부분들이 탕진되고 있다. 시민들이 얼마나 절망적인 상황이냐? 전기세 누진세 같은 것들……. 이렇게 돈을 쓸 곳에 안 쓰고 엉뚱한 데에 쓰는 게 문제다.

2016년 카페트(카카오톡·페이스북·트위터) 친구 200만 명 돌파 기념

'보고싶다 친구야!' 토크 콘서트에서

117

118

지난 5년 동안 서울시장으로서 소통과 현장 행정을 통해 혁신과 협치로 서울의 변화에 온 힘을 쏟았습니다. 토건중심 개발에서 시민의 삶의 질을 챙기는 시대로 나아가고 있습니다. 마을공동체, 도시재생, 청년수당, 환자안심병원, 동마을복지센터, 비정규직의 정규직화, 생활임금제를 비롯해 서울의 혁신 사례가 대한민국으로 확산되고 있습니다.

2016년 9월 관훈클럽 토론회에서

120

자유를 향한 길고도 먼
여정을 마치고 한 세기에 가까운
질곡의 삶을 마감하신
남아프리카 공화국 넬슨 만델라
대통령의 명복을 빕니다.
남은 우리들이
자유·평등·인권·정의의 여정을
걸어가겠습니다.

2014년 12월 넬슨 만델라 남아프리카공화국 대통령의 서거에 대해

한때 인권변호사로 활동하면서 강기훈 유서 사건, 문익환 목사 사건, 부천서 성고문 사건 등을 변론했는데, 늘 현실의 법정에서는 졌어요. 절망적인 현실의 법정을 보면서 역사 속에서는 이겨야겠단 생각에 책을 쓰기로 마음먹었죠.

2016년 8월 〈세기의 재판〉 북토크에서 집필 동기에 대해

프란치스코 교황이 쓰신
책을 보면 '권력이라는 것은
절대적 봉사 Power is absolute service'라는
말이 있듯 권력은 탐욕의 대상이
될 수 없다. 권력은 부담이고
희생이고 헌신일 뿐이다.

2016년 10월 충북도청 기자실에서 가진 기자간담회에서

122

통일과 평화, 공동 번영은 모두의 지속가능한 내일을 위한 기본 조건입니다. 나아가 민족적, 시대적 당위입니다. 어떤 정치적, 경제적 이해관계도 이를 희석할 수는 없습니다. 그 길을 가기 위해서는 상대를 어떤 존재로 받아들이느냐가 중요할 것입니다. 날로 첨예해지는 동북아 정세에서 북한을 타도해야 할 적으로 여기는 것은 어리석은 일입니다.

2012년 10월 10.4 남북공동선언 5주년 기념사에서

124

백남기 농민이 선종하셨습니다. 지난해 11월 경찰 물대포에 맞고 쓰러져 의식을 찾지 못하고, 끝내 진실을 보지 못했습니다. 책임자의 사과도 없었습니다. 국민의 아픔에 등 돌리는 국가는 국민에게 의무를 물을 수 없습니다. 국가는 국민을 위해서 존재하지 국민 위에 존재하지 않습니다.

기억하는 것은 되풀이하지 않기 위해서입니다. 물대포로도 막을 수 없는 진실을 밝히고 기억해야 합니다. 유가족의 깊은 슬픔을 위로하며 고인의 명복을 빕니다. 영면하소서.

2016년 9월 페이스북

세월호 유가족들이
간절하게 원하는 진실은
인양되지 못하고 있고,
백남기 농민의 부검은
유가족의 눈물 저항에도
강행되고 있으니 참담합니다.
누가, 왜, 진실을 두려워합니까?

2016년 9월 트위터

125

양적인 규모나 확대보다 어떻게 제대로 적확한 곳
에 쓸 것인가가 더 큰 문제다. 과거에는 시장이 결
재만 하는 정도였는데, 이번에 예산 마련하는 과정
에서 6~7번 회의를 주재했다. 예산 하나하나가 중
요하다. 그래서 공무원들 힘들다는 얘기 나온다.
첫째도, 둘째도, 셋째도 민생이다.

2016년 1월 〈뉴시스〉와의 인터뷰에서

북한의 5차 핵실험을 강력히
규탄합니다. 어떠한 경우에도
핵과 폭력은 용납될 수 없음을
거듭 밝힙니다. 이번 북한의
행위는 상황을 악화시키고 문제
해결에 도움을 주지 않습니다.
자제해야 하고 도발을 멈추어야
합니다. 대북관계가 제재와 도발의
악순환에서 벗어나야 합니다. 이런
식으로 군비경쟁의 악순환으로
나아가면 서로에게 결코 도움이
되지 않습니다. 이럴 때일수록
국민적 지혜를 모아야 합니다.

2016년 9월 페이스북

참여연대의 역사가 곧 시민운동의
역사라고 할 만큼 수없이 고발하고
오지랖 넓게 참견했습니다.
오죽하면 별명이 고발연대,
참견연대였겠습니까? 하지만
'시민의 힘으로 세상을 바꾸자'라는
슬로건처럼 참여연대는 시민의
열망이 자유롭게 표출되는 통로가
되었습니다. 우리 사회의 빛과
소금으로서 역할을 다하고 있는
것입니다.

〈원순씨를 빌려드립니다〉, 119쪽

이제 저도 물러설 곳이 없습니다. 이 불평등, 불공정, 불안, 불통의 세상에서 싸우지 않고 어디로 물러선단 말입니까! 국민과 함께 평등하고 정의롭고 안전한 세상을 만들어 가겠습니다.

2016년 9월 트위터

서울시장이 되기 전 김대중 정부가 민정수석을, 참여정부에서도 여러 공직을, 당시 한나라당에서도 공천심사위원장 요청이 있었다. 심지어 외국에까지 도망갔지만 어느 날 서울시장이 되어 있었다. 서울시장도 그러한데 하물며 국가지도자라는 것이 본인이 원한다고 되는 것도 아니고, 원치 않는다고 안 되는 것도 아닐 것이다. 막스 웨버의 '소명으로서의 정치'라는 책에 보면 소명은 스스로도, 국민의 요구도 있어야 한다고 했다. 소명에 따르겠다.

2016년 10월 충북도청 기자실에서 가진 기자간담회에서

우리 시대에 가장 중요한
리더의 덕목은 소통 능력이라고 봅니다.
저는 늘 혁신과 협치를 강조해 왔습니다.
어떤 좋은 정치도 반대가 있기 마련입니다.
이해관계자들 사이에서 혁신하려면
기득권이나 반대가 있겠죠.
그걸 설득해 나가는 거죠.

2016년 7월 방송 인터뷰에서

132

지난 5월 옥바라지 골목 방문 후
100일 동안 치열하게 이해당사자들과
이야기 나눴습니다. 강제철거는 없었고,
골목의 역사적 가치는 지켜졌습니다.
이 모두가 참고 기다려 주신
시민여러분 덕분입니다.

2016년 8월 트위터

서울시민들이 서울시장이라는 엄중한 자리에 두 번이나 선택해줬다. 나의 정치 경력이나 정치적 기반을 보고 뽑아줬다고 생각하지 않는다. 오히려 기존 정치의 관습에 물들지 않은 채 시민·국민을 정치의 최종 지향점으로 삼아 달려왔기에 지금의 내가 있을 수 있다고 생각한다. 앞으로도 정치공학에 얽매이지 않고, 국민만을 바라보는 정치의 본령을 묵묵히 실천해 나갈 것이다.

2016년 7월 〈매일신문〉과의 인터뷰에서

'경제민주화 시장, 박원순', '재벌과 싸우는 서울시장, 박
원순'. 미국 포브스 지에서 소개한 기사의 제목입니다. 너
무 당연한 일이지요. 99:1의 사회, 높은 청년실업과 '9포
세대'의 절망으로 상징되는 이 불평등의 사회에 어찌 경
제민주화에 나서지 않는다는 말입니까! 어찌 재벌의 횡
포와 싸우지 않는단 말입니까! 자영업과 골목상권, 전통
시장의 편이 되지 않는단 말입니까!

2016년 10월 페이스북

134

보수정권 8년은 대북정책에서도 무능의 극치를 보여주었
다. 냉전시대보다 더 후퇴한 한반도 위기상황을 초래했
다. 북한의 핵은 절대 용납될 수 없다. 그러나, 북한 핵에
대해 제재와 군비증강을 통한 군사적 대응태세를 강화
하는 것에만 의존해서도 안 된다. 과거 정부에 책임을 떠
넘기는 것은 무책임하다. 북한은 핵무기로 무장하는 길
로 가고, 우리는 힘으로 굴복시키려 하는 강대강의 대치
국면 속에서는 남북한 간 군사적 긴장을 완화시킬 수 없
다. 평화공존의 틀을 만들기 위해 정부가 보다 적극적인
정책으로 과감한 전환을 해야 한다.

2016년 9월 관훈클럽 토론회에서

빈부, 연령, 세대 등 여러 격차로
갈등이 커지고 있다. 갈등을 조정하고,
평화로운 공동체를 만들어가는 게
중요한 현안이다. 대한민국의 전체
갈등비용이 240조 원이 넘는다는 말도
있다. 시민들을 의사 결정에 주체적으로
참여시키는 '협치'로 갈등을 줄여야 한다.

2016년 9월 '2016 거버넌스 국제 컨퍼런스'에 참석한 스티븐 버브 전 영국 시민단체대표

협회장과의 대담에서

제가 서울시장이 된 이유가 뭐냐 물으신다면 도시에 작은 방을 구해서 살고 있는 독거노인들과 가난한 청년들, 도움이 필요한 시민들을 위해서라고 할 수 있어요. 그런데 집 소유자들, 투기꾼들의 편을 들어야 할 때면 괴리감이 듭니다. 법은 그렇게 돼 있어요. 우리나라 도시재생에 관한 법이 가진자들과 부자들을 위한 법이에요. 이걸 변화시켜야 하는데 제 힘만으론 힘들어요. 법 자체가 그렇게 되어 있기 때문이죠. 이렇게 정의로운 사회를 향한 길은 멀고 험난합니다. 시민들의 힘이 중요해요.

2016년 8월 〈세기의 재판〉 북토크에서 집필 동기에 대해

'제4차 산업혁명' 등 예측할 수 없는 불안한 미래가 계속 되면서 민생이 벼랑 끝에 놓여 있다. 이런 시대에 대선주 자 뿐만 아니라 이 시대의 리더들에게 공통적으로 요구 되는 덕목은 현장과 민생, 경청과 소통, 협치와 혁신의 리 더십이라고 생각한다. 시민의 삶 속으로 직접 들어가 내 일처럼 시민의 문제를 해결하고 천만 시민, 5천만 국민 의 지혜와 참여를 이끌어 내는 집단지성의 행정과 정치 로 다가올 변화에 반 걸음 앞서 준비하고 대비할 수 있 을 때 시민·국민의 기대에 부합할 수 있을 것이다.

2016년 5월 언론 인터뷰에서

영광입니다.
불의한 세력과
사람들에게 받는
'탄핵'과 '고발'은
오히려 훈장입니다.
잠시 국민을 속일 수는
있어도 영원히 진실을
가둘 수는 없습니다.
깨어있는 시민들과
유쾌한 시민정치혁명
드라마를 써나가겠습니다.
'국민권력시대'를
열어가겠습니다.

2016년 10월 새누리당이 국감 위증 혐의로

고발키로 한 데 대해 페이스북에서

이제 더 이상 참을 수 없습니다. 이런 야만적 불법행위와 권력남용을 자행하는 현 정부와 대통령은 탄핵대상이 아닌가요? 이런 정도의 사건이 서구에서 일어났다면 어떤 대통령도, 어떤 내각도 사임하지 않을 수 없을 것입니다. 권력의 막장 드라마이고 사유화의 극치입니다. 당장 국회는 특별조사위원회를 꾸리고 그 조사결과에 따라 탄핵이든 사임요구든 그 무엇이든 합당한 조치를 요구하기 바랍니다. 이 기회에 국정원의 '박원순 제압 문건'도 따져 주세요. 어찌 정보기관이 멀쩡하게 천만 시민의 손으로 선출된 시장을 제압할 생각을 한단 말입니까? 국민의 인내에도 한계가 있습니다. 나라가 나락으로 떨어지고 있는데 더 이상 어찌 참을 수 있겠습니까?

2016년 10월 문화계 블랙리스트 파문에 대해 페이스북에서

분노가 일렁입니다.
어떻게 일군 민주주의란 말입니까?
함께 이 절망의 세상을 바꿉시다.

2016년 8월 트위터

국민권력시대로 바꾸는 것이 답입니다. '헌법 제
1조 1항 대한민국은 민주공화국이다. 2항 대한민
국의 모든 권력은 국민으로부터 나온다'에서 시작
해야 합니다. 국민과 권력을 나눠야 합니다. 국민
에게 권력을 돌려줘야 합니다.

2016년 9월 관훈클럽 토론회에서

저는 늘 좌파도 무슨 파도 아닌
'시민파'라고 얘기해 왔다.
서울시가 그간 펴온 복지, 도시재생,
보행중심도시 등도 결국
시민 편을 드는 정책들이다.

2016년 7월 취임 2주년 기자간담회에서

142

국민에게만
아부하겠습니다.

2016년 10월 페이스북

따뜻한 커피 한 잔과 함께 가슴에 담아두고 싶은
박원순의 말과 생각

국민에게만 이부하겠습니다

제1판 1쇄 발행	2016년 10월 29일
제1판 3쇄 발행	2020년 7월 15일

말과생각	박원순
글로엮음	김홍국
사진제공	김헌수

펴낸이	김덕문
펴낸곳	더봄
등록번호	제399-2016-000012호(2015.04.20)
주소	경기도 남양주시 별내면 청학로중앙길 71, 502호(상록수오피스텔)
대표전화	031-848-8007　　**팩스**　031-848-8006
전자우편	thebom21@naver.com
블로그	blog.naver.com/thebom21

ISBN 979-11-86589-90-8 03810

ⓒ 김홍국, 2016